UN ADIEU

Pascal NOWACKI

UN ADIEU

THÉÂTRE

Toute représentation de la pièce de théâtre,
faisant l'objet de la présente édition,
est soumise à la réglementation sur les droits d'auteur.

En conséquence, vous devez obligatoirement,
avant toute exploitation de ce texte,
obtenir l'accord de l'auteur ou de la SACD, qui gère ses droits.

© 2020, Pascal Nowacki

Édition : BoD – Books on Demand
12/14 rond-point des Champs-Élysées, 75008 Paris
Impression : BoD – Books on Demand, Norderstedt, Allemagne

ISBN : 9 782 322 203 871
Dépôt Légal : Mai 2020

Retrouver toute l'actualité de l'auteur sur
http://www.pascalnowacki.fr

Caractéristiques

Genre : Comédie dramatique

Distribution : 2 personnages => 2 femmes

Décor : Salle à manger d'une maison modeste à la campagne, au décor hors du temps et de toute mode.

Costumes : Contemporains.

LUNDI

Une femme, d'environ soixante ans, somnole dans un fauteuil. Elle tient contre sa poitrine un livre ouvert. La sonnerie de la porte d'entrée retentit. La femme se réveille. Elle ferme le livre qu'elle place sur le guéridon situé tout à côté. Elle regarde l'heure sur sa montre puis elle saisit sa jambe avec les mains pour déplier son genou qui ne semble donc pas lui obéir. Elle se lève très difficilement. Elle ne peut pas plier le genou pour se déplacer et son pied est tourné vers l'intérieur. La sonnerie de la porte retentit à nouveau. Elle vient s'asseoir sur un fauteuil roulant qui était derrière la table.

La femme âgée : Entrez, Annie. Entrez.

Une femme, plus jeune, entre. Un temps pendant lequel les deux femmes s'observent sans broncher.

La femme âgée : Où est Annie ?

La jeune femme : Je ne sais pas. Qui est Annie ?

La femme âgée : C'est ma gouvernante.

La jeune femme : Je ne sais pas.

La femme âgée : Je viens de vous le dire. C'est ma gouvernante.

La jeune femme : Non. Je veux dire, je ne sais pas où elle est.

La femme âgée : C'est son heure. Elle ne devrait plus tarder.

La jeune femme : Bien.

Un temps.

La femme âgée : Qu'est-ce que vous vendez ?

La jeune femme : Pardon ?

La femme âgée : Je n'ai besoin de rien. J'ai tout ce qu'il me faut. Et quand j'ai besoin de quelque chose, Annie s'en charge.

La jeune femme : Ah ! Très bien. Enfin, je veux dire tant mieux ! C'est bien d'avoir quelqu'un auprès de soi, n'est-ce pas ? C'est rassurant.

La femme âgée : Je n'ai pas besoin d'être rassurée. Je n'ai pas peur.

La jeune femme : Oui, je sais.

La femme âgée : Vous savez ?

La jeune femme : Enfin, je me doute. Non, ce que je voulais dire, c'est que ça doit être rassurant, pour vos proches, votre famille, de savoir que vous ne manquez de rien, que votre gouvernante, Annie, s'occupe bien de vous.

La femme âgée : Qu'est-ce que ça peut vous faire ?

La jeune femme : Quand j'étais petite, j'avais une nounou qui s'occupait de moi. Kristen qu'elle s'appelait. C'était une Danoise. Je la revois encore. Je n'ai rien oublié de cette époque. Ma mère lui faisait totalement confiance. Elle pouvait. C'était vraiment une très bonne nourrice. Je n'ai que de très bons souvenirs d'elle.

La femme âgée : Tant mieux pour vous.

La jeune femme : Super, je suis contente que vous le preniez comme ça.

La femme âgée : Qu'est-ce que vous voulez dire ? Je ne prends rien, ni comme ça, ni autrement.

La jeune femme : Oh pardon, j'ai cru que ça vous soulagerait de savoir que ma nourrice ne m'avait laissé que d'excellents souvenirs.

La femme âgée : Pourquoi vous me racontez ça ?

La jeune femme : Je suppose que c'était rassurant pour ma mère d'avoir Kristen à son service.

La femme âgée : Certainement.

La jeune femme : Je boirais bien quelque chose.

La femme âgée : Je ne vous ai pas invitée, si ?

La jeune femme : Non, c'est vrai. Mais maintenant que je suis là…

La femme âgée : Oui ?

La jeune femme : Eh bien, vous pouvez, peut-être, me proposer quelque chose à boire, non ?

La femme âgée : Pourquoi je ferais ça ?

La jeune femme : Parce que ça se fait.

La femme âgée : Un café, ça ira ?

La jeune femme : Très bien merci. Avec un sucre, si ce n'est pas trop abusé.

La femme âgée : Si, mais comme c'est ce que vous faites depuis tout à l'heure, je suppose que cela ne doit pas vous gêner plus que ça ?

La jeune femme : Vous avez raison. Je vais m'asseoir.

La jeune femme commence à joindre le geste à la parole mais est stoppée dans son mouvement par la femme âgée qui s'extirpe difficilement de son fauteuil.

La jeune femme : Vous ne restez pas dans votre fauteuil ?

La femme âgée : Je n'en ai pas besoin. Je me débrouille très bien sans.

La jeune femme : Alors pourquoi en avoir un ?

La femme âgée : Qu'est-ce que ça peut vous faire ?

La jeune femme : Je demandais ça uniquement... histoire d'entretenir la conversation.

La femme âgée : Faut pas vous sentir obligée. Ni d'entretenir la conversation comme vous dites, ni de rester.

La jeune femme : Bien, je ne dis plus rien. Je vais me contenter d'attendre silencieusement mon café. En restant là.

La femme âgée : C'est de la faute d'Annie.

La jeune femme : Pardon ?

La femme âgée : Le fauteuil. Elle a toujours peur que je tombe ou qu'il m'arrive quelque chose quand je suis seule. Alors elle m'a fait promettre de l'utiliser quand elle n'est pas là.

La jeune femme : Vous avez une curieuse façon de tenir vos promesses.

La femme âgée : Je ne suis plus seule. Vous êtes là, vous. Et en attendant qu'elle arrive, vous allez veiller sur moi, n'est-ce pas ?

La jeune femme : Je n'étais pas venue pour ça mais...

La femme âgée : Oui, je me doute.

La jeune femme : Ah bon ?

La femme âgée : Oui.

La jeune femme : Alors vous savez pourquoi je suis là ?

La femme âgée : Non.

La jeune femme : Même pas une petite idée ?

La femme âgée : Pas la moindre, non. Et comme je n'ai rien demandé, ça va être à vous de me dire ce que vous faites là.

Un temps pendant lequel les deux femmes se jaugent mutuellement du regard.

La femme âgée : Bon, en attendant que la parole vous revienne je vais vous faire votre café. Asseyez-vous, je reviens.

La femme âgée sort difficilement côté cuisine tandis que la jeune femme ôte son manteau, le dépose au dos d'une chaise et fait le tour de la pièce en examinant les nombreuses photos qui la décorent. Apparition de la femme âgée dans le chambranle de la porte.

La femme âgée : Généralement, c'est en posant ses fesses sur une chaise qu'on s'assoit.

La jeune femme : Pardonnez-moi. Je regardais vos photos.

La femme âgée : J'ai vu. Le café se fait.

La jeune femme : Je suis très curieuse.

La femme âgée : Curieuse et envahissante ?

La jeune femme : Non. Ça, on ne peut pas dire. C'est donc ici que vit cachée l'ancienne star du cinéma ? La fameuse Déesse des plateaux !

La femme âgée *(avec un petit rire mi-nostalgique mi-moqueur)* : La Déesse des plateaux !

La jeune femme : C'est comme ça que l'on vous appelait à l'époque, non ?

La femme âgée : Ça fait bien longtemps qu'on ne m'appelle plus comme ça.

La jeune femme : Et comment vous appelle-t-on maintenant ?

La femme âgée : Madame. Annie m'appelle madame. Je me demande bien ce qu'elle fabrique ? Ce n'est pas son habitude d'être en retard.

La jeune femme : Un contretemps sans doute. De vous à moi, c'est quand même un peu pompeux comme surnom ?

La femme âgée : Madame ?

La jeune femme : Non, l'autre. La Déesse des plateaux.

La femme âgée : Ce n'est pas moi qui l'ai choisi.

La jeune femme : Non, bien sûr. Mais vous n'avez rien fait, rien dit pour vous en démarquer.

La femme âgée : Pourquoi l'aurais-je fait ? Il y a pire comme surnom. Mouche à merde, par exemple.

La jeune femme : Vu comme ça.

La femme âgée : Vous n'êtes pas journaliste.

La jeune femme : Non.

La femme âgée : Ce n'était pas une question.

Pas de réponse de la jeune femme.

La femme âgée : Je vais chercher votre café.

Elle sort.

La jeune femme : Merci.

Soudain le téléphone sonne. La jeune femme regarde tour à tour vers le téléphone (côté jardin) et en direction de la cuisine (côté cour). La femme âgée ne semble pas réagir.

La jeune femme : Le téléphone !

La femme âgée *(off)* : Quoi ?

La jeune femme : Votre téléphone. Il sonne.

La femme âgée *(off)* : J'ai entendu. Je ne suis pas sourde !

La jeune femme : Vous voulez que je réponde ?

La femme âgée *(apparaissant dans le chambranle de la porte de la cuisine)* : Non. Ne touchez pas à mon téléphone. Vous êtes chez moi ici.

La jeune femme : D'accord.

La femme âgée *(commençant à se déplacer difficilement pour rejoindre le téléphone à l'autre bout de la pièce)* : Je suis encore capable de répondre au téléphone toute seule.

Lentement, la femme âgée traverse le plateau sous l'œil de la jeune femme qui ne bronche pas tandis que la sonnerie continue de retentir. Lorsque la femme âgée parvient presque au téléphone, la sonnerie s'arrête. Les deux femmes se dévisagent un instant. La jeune femme ne laisse rien paraître.

La femme âgée : Ils vont rappeler. Ils rappellent toujours.

La jeune femme : C'est qui ?

La femme âgée : Je ne sais pas.

La jeune femme : Alors comment savez-vous qu'ils vont rappeler ?

La femme âgée : C'est soit Annie pour me prévenir de son retard ou bien soit des amies, au village. Personne d'autre n'appelle jamais. Et comme ceux qui appellent savent que j'ai du mal à me déplacer, ils laissent sonner jusqu'à ce que le répondeur se déclenche. Puis ils raccrochent, attendent un peu pour me laisser le temps d'arriver jusqu'au téléphone et ils rappellent.

La jeune femme : Ah d'accord ! Quelle organisation ! Ceci dit, c'est sympa de leur part.

La femme âgée : Oui, je suis très bien entourée.

La jeune femme : Mais… ça ne sonne plus.

La femme âgée : Alors, c'est que c'était une erreur. *(Regardant la jeune femme dans les yeux)* Une de plus !

La femme âgée traverse à nouveau le plateau en direction de la cuisine. Parvenue aux 2/3 de son trajet, le téléphone se remet à sonner. Elle se retourne. Les deux femmes se dévisagent à nouveau. Puis la jeune femme regarde successivement le téléphone et la femme âgée, semblant jauger la distance qui les sépare.

La jeune femme : C'est ce qu'on appelle une erreur de timing !

La femme âgée se lance dans une nouvelle traversée de la pièce. Cette fois la jeune femme n'attend pas et se dirige elle aussi vers le téléphone et décroche.

La femme âgée : Non !

La jeune femme : Allô ?

La femme âgée : Je vous interdis…

La jeune femme : Si, si. Ne quittez pas, je vous la passe.

La jeune femme tend le téléphone à la femme âgée. Celle-ci s'en saisit et raccroche sans répondre.

La femme âgée : Je ne vous ai pas autorisée à répondre !

Le téléphone sonne. La femme âgée décroche sans quitter des yeux la jeune femme.

La femme âgée : Allô ? (…) Oui, c'est moi. (…) C'est rien.rien. Juste une emmerdeuse !

La jeune femme : Merci.

La femme âgée : Non, non, ne vous inquiétez pas. (…) Elle va partir. (…) Oui, oui, je vous assure. (…) Et vous ? Qu'est-ce qui se passe ?

(…) Ah, d'accord ! Mais c'est grave ? (…) Tant mieux ! (…) Oui, il n'y a rien à faire. Il faut attendre que ça passe, quoi ! (…) Cinq jours ? D'accord. (…) Madame Sortini ? Ah, c'est gentil, Annie, merci. (…) Oui, si Madame Sortini m'apporte mon pain et mon journal, ça va aller. Pour le reste, je me débrouillerai. J'ai de quoi faire dans la réserve. (…) Non, je n'oublierai pas de prendre mes médicaments. (…) Oui, je téléphone si j'ai le moindre souci. Promis. Allez, soignez-vous bien, Annie. À bientôt. Au revoir.

Elle raccroche et retourne vers la cuisine sans prêter la moindre attention à la jeune femme.

La jeune femme : Un souci ?

La femme âgée : On peut appeler ça comme ça, oui.

La jeune femme : Qu'est-ce qui se passe ?

Pas de réponse de la femme âgée.

La jeune femme : Qu'est-ce qui vous arrive ?

La femme âgée : Toi !

La jeune femme : Moi ?

La femme âgée : Arrêtons ce jeu stupide !

La jeune femme : Je ne joue pas.

La femme âgée : Alors qu'est-ce que tu es venue faire ici ?

La jeune femme : Te voir.

La femme âgée : Eh bien, voilà, je suis là. Regarde-moi. C'est bon ? Ça y est, tu m'as assez vue ? Tu peux partir maintenant.

La jeune femme : Je suis venue faire la paix.

La femme âgée : Faire la paix ?

La jeune femme : Oui.

La femme âgée : Qu'est-ce que ça veut dire, ça, faire la paix ? On fait la paix quand on est en guerre. Et moi je ne suis pas en guerre.

La jeune femme : Moi, je le suis. Je suis en guerre contre moi-même. Une partie de moi me demandait de venir te voir, me suppliait de tout faire pour renouer un dialogue qui a toujours été difficile entre nous.

La femme âgée : Difficile !

La jeune femme : C'est ce que j'ai dit.

La femme âgée : Tu pouvais tout aussi bien dire inexistant.

La jeune femme : À qui la faute ?

La femme âgée : À toi de me le dire. Qui s'est comportée comme une traînée ? Qui a jeté l'opprobre sur notre nom ?

La jeune femme : L'opprobre ? Il n'y a plus que toi pour utiliser ce genre de mot.

La femme âgée : La honte si tu préfères. C'est vrai que tu ne dois pas être très cultivée, excuse-moi.

La jeune femme : Et l'autre partie de moi-même préférait te laisser crever dans ton coin, entourée de tes souvenirs, d'Annie, ta fidèle gouvernante et de tes regrets, sûrement, aussi.

La femme âgée : Je m'en accommode très bien. C'est cette partie-là que tu aurais dû écouter.

La jeune femme : C'est ce que je suis en train de me dire, oui.

La femme âgée : Tu vois.

La jeune femme : C'est incroyable, nous sommes d'accord ! C'est un réel progrès. Ça fait combien de temps que nous n'avons pas été d'accord ?

Pas de réponse.

La jeune femme : C'est un signe.

La femme âgée : De quoi parles-tu ? Qu'est-ce qui est un signe ?

La jeune femme : Qu'on soit d'accord. C'est un signe. J'ai bien fait de venir. Allons, c'est décidé. Je reste.

La femme âgée : Tu restes ?

La jeune femme : Je reste.

La femme âgée : Mais tu restes où ?

La jeune femme : Ici. Avec toi. Enfin, je ne m'installe pas non plus, hein ! Je ne voudrais pas te faire de fausses joies…

La femme âgée *(visiblement sous le choc)* : Qu'est-ce que c'est que cette histoire ? Tu veux rester ici ?

La jeune femme : Oui. Oh, juste le temps qu'Annie puisse s'occuper de toi à nouveau. D'ailleurs, quand on y pense, tu ne trouves pas que c'est un signe, ça aussi ? Je viens, je pensais me trouver un petit hôtel dans le coin pour ne pas te déranger. Et voilà que ta femme de ménage…

La femme âgée : Mon aide-ménagère

La jeune femme : Pardon ?

La femme âgée : Annie est mon aide-ménagère, pas ma femme de ménage.

La jeune femme : D'accord. Ton aide-ménagère donc, Annie, elle tombe malade et elle ne peut pas venir. Tu parles d'une coïncidence, non ? C'est que c'était écrit.

La femme âgée : C'est un coup monté, c'est ça ?

La jeune femme : Non, même pas.

La femme âgée : C'est toi qui es allée voir Annie et qui lui as dit de ne pas venir ? Tu l'as payée combien pour ça ?

La jeune femme : Rien. Je n'ai rien payé. D'ailleurs je ne connais pas Annie, je t'assure. C'est pour ça que je te dis que c'est un signe.

La femme âgée : Qu'est-ce que tu fous là ? Qu'est-ce que tu veux ?

La jeune femme : Je viens rendre visite à ma mère. C'est juste la visite d'une fille à sa mère. Rien de plus. Je dors où ?

NOIR

MARDI

Même décor. Le lendemain matin. La jeune femme est attablée. Elle prend son petit déjeuner. La femme âgée apparaît.

La jeune femme : Bonjour.

La femme âgée : Il commence mal.

La jeune femme : De quoi ?

La femme âgée : Le jour. Je ne suis pas sûre qu'il soit bon.

La jeune femme : Si tu dis ça parce que tu as perdu ta bague, ne t'inquiète pas…

La femme âgée : Ma bague ? *(Regarde sa main).* Où est-ce qu'elle est ?

La jeune femme *(sortant la bague de sa poche)* : C'est ce que je voulais te dire. Je l'ai retrouvée dans la cuisine, à côté de l'évier, sous une éponge.

La femme âgée : Rends-moi ça.

La jeune femme : Aussi loin que je me souvienne, tu l'as toujours portée cette bague. Je l'aime bien.

La femme âgée : Rends-la-moi !

La jeune femme : Tiens.

La femme âgée se saisit de la bague sans rien dire et la remet à son doigt.

La jeune femme : De rien. Et sinon, tu as bien dormi ?

La femme âgée ne répond pas.

La jeune femme : Je ne t'ai rien préparé parce que je ne sais pas ce que tu prends le matin.

La femme âgée ne répond pas.

La jeune femme : Dis-moi et je vais le faire.

La femme âgée : Tu vas faire ce que je veux ?

La jeune femme : Oui, dis-moi.

La femme âgée : Dégage !

La jeune femme : Ah, non, ça je ne vais pas le faire, non. Ce n'est pas possible.

La femme âgée : Pourquoi ?

La jeune femme : Parce que je n'ai pas fait tout ce chemin depuis Paris pour repartir aussitôt.

La femme âgée : Je ne t'ai pas obligée à venir.

La jeune femme : Et puis, j'ai promis de rester jusqu'à ce qu'Annie, ton aide – ménagère, aille mieux. Je m'en voudrais de te laisser seule. On ne sait pas ce qui pourrait se passer. Un accident est si vite arrivé.

Un temps.

La femme âgée : Un accident ?

La jeune femme : Pardon, je ne voulais pas…

La femme âgée : Tu as dit un accident ?

La jeune femme : Non, ce n'est pas…

La femme âgée : Dégage !

La jeune femme : Je suis désolée.

La femme âgée : J'ai dit, dégage ! Tu entends ? Fous le camp.

La jeune femme : OK, c'est de ma faute. Je me suis mal exprimée, je ne voulais pas dire ça.

La femme âgée : Je m'en fous de ce que tu voulais dire ou ne pas dire, d'accord ?

La jeune femme : D'accord.

La femme âgée : Je n'ai rien à faire de toi.

La jeune femme : Je sais.

La femme âgée : Tu n'es qu'une traînée.

La jeune femme : Tu l'as déjà dit.

La femme âgée : Une putain !

La jeune femme : Une mère ne devrait pas dire des choses comme ça à sa fille.

La femme âgée : Une fille ? Quelle fille ? Je n'ai plus de fille. Où tu as vu une fille ?

La jeune femme : Là, devant toi. Je suis là.

La femme âgée : Tu n'es pas ma fille.

La jeune femme : Si, je suis ta fille.

La femme âgée : Tu n'es plus ma fille. Je n'ai plus de fille. Ma fille, elle a cessé d'exister quand elle a choisi de ruiner ma carrière, ma réputation en faisant ce qu'elle a fait.

La jeune femme : J'ai fait du cinéma. Comme toi.

La femme âgée : Je n'appelle pas ça du cinéma.

La jeune femme : Pourtant ça en est.

La femme âgée : C'est tout ce que tu veux sauf du cinéma. Il n'y a rien qui ressemble à du cinéma dans ce que tu fais

La jeune femme : D'abord je n'en fais plus. Et ensuite, je pourrais te citer deux ou trois films qui étaient plutôt réussis, très esthétiques, avec un vrai scénario.

La femme âgée : Je ne vois pas ce qu'il y a d'esthétique à faire l'amour devant une caméra.

La jeune femme : Baiser.

La femme âgée : Quoi ?

La jeune femme : Je n'ai jamais fait l'amour devant une caméra. Je baisais. L'amour, ça, ça ne regarde que moi, c'est privé.

La femme âgée : C'est répugnant. Tu t'es conduite comme une moins que rien. Tout le monde t'est passé dessus…

La jeune femme : Non, quand même pas, faut pas exagérer !

La femme âgée : Tout le monde, j'ai dit.

La jeune femme : Bon, c'est vrai qu'il y en a eu quelques-uns.

La femme âgée : Même des femmes.

La jeune femme : Aussi, oui.

La femme âgée : Et même des animaux.

La jeune femme : Non, ça je ne l'ai jamais fait. Tu dois confondre. Remarque, on me l'a proposé une fois. Avec un chien. Un labrador. Je me rappelle, il s'appelait Spartacus. C'était le chien de l'ingénieur du son. Il était gentil, très affectueux. Je parle du chien. L'ingénieur était gentil aussi, remarque, mais je ne sais pas s'il était affectueux. Je n'étais pas assez intime avec lui pour ça. Bref, j'ai refusé. C'était bien payé pourtant. Très bien payé même. Plus que tu ne peux imaginer.

La femme âgée : Je ne veux pas imaginer. Tu me dégoûtes.

La jeune femme : À voir avec quelle insistance tu en parles, on pourrait en douter. Mais bon, pour en revenir à Spartacus, ce n'était pas mon truc. Chacun sa spécialité. Je suis restée classique dans mes choix de partenaires à l'écran.

La femme âgée : Classique ? Il y en a eu beaucoup, non ?

La jeune femme : Oui, c'est vrai. Dis donc, ça a l'air de vraiment te travailler.

La femme âgée : Et plusieurs en même temps des fois.

La jeune femme : Souvent même, on peut le dire. Mais là, ça vire à l'obsession.

La femme âgée : C'est toi l'obsédée. Hommes et femmes, tout ça mélangé, allez hop !

La jeune femme : Quand on aime, pourquoi choisir ?

La femme âgée : J'ai honte pour toi.

La jeune femme : Quand j'étais petite, Kristen m'amenait au parc quand il faisait beau.

La femme âgée : Qu'est-ce que Kristen vient faire là-dedans ?

La jeune femme : Elle me payait une glace. Je prenais toujours un cornet deux boules parce que je n'arrivais pas à choisir entre fraise et pistache. Alors j'en prenais une de chaque.

La femme âgée : Deux boules ? Déjà !

La jeune femme : Est-ce que tu savais que j'aimais ça, les glaces à la fraise et à la pistache ?

Pas de réponse.

La jeune femme : Une mère, ça le sait ça, quels parfums de glace aime sa fille, non ?

Pas de réponse.

La jeune femme : Non, bien sûr. Toi, tu ne m'as jamais amenée au parc.

La femme âgée : Tu n'as jamais manqué de rien. J'ai toujours fait en sorte que tu ne manques jamais de rien. Tu ne peux rien me reprocher dans ce domaine. Tout ce que tu voulais, tu l'avais. J'ai toujours été très ferme avec Kristen sur ce point.

La jeune femme : Mais Kristen n'a jamais été ma mère, elle !

La femme âgée : Je travaillais. Tu ne vas quand même pas me reprocher d'avoir travaillé.

La jeune femme : Ce n'est pas ce que j'ai dit.

La femme âgée : Je ne suis pas la seule mère au monde à avoir laissé sa fille pour aller travailler. Tous les matins, des millions de personnes laissent leurs enfants dans des crèches ou à des nounous pour aller travailler. Ça n'en fait pas des monstres pour autant.

La jeune femme : Parce que tous les soirs, ces mêmes millions de personnes viennent rechercher leurs enfants. Parce que les week-ends et les vacances, ces mêmes millions de personnes les passent avec leurs enfants. Pas toi !

La femme âgée : Je ne faisais pas le même métier que ces millions de personnes.

La jeune femme : Oui. Bien sûr ! Il y a une différence. On ne peut pas comparer.

La femme âgée : C'est vrai.

La jeune femme : Toi, tu étais la Déesse des plateaux ! La fabuleuse actrice que tous les plus grands réalisateurs s'arrachaient !

La femme âgée : C'est mon succès que tu me reproches maintenant ?

La jeune femme : Non. Tu vivais dans un autre monde. Tu n'allais quand même pas t'embarrasser de contraintes maternelles.

La femme âgée : J'ai fait au mieux.

La jeune femme : Je comprends. Jamais à la maison. Un mois dans un palace à New York, trois mois dans un autre à Monte-Carlo. C'est pas une vie pour un enfant.

La femme âgée : Un enfant a besoin de stabilité.

La jeune femme : Oui. Et avec tous ces tournages à travers le monde, c'est difficile.

La femme âgée : Je suis heureuse que tu le comprennes enfin.

La jeune femme : Tu as fait des films magnifiques.

La femme âgée : Merci.

La jeune femme : Tourné avec les plus grands réalisateurs.

La femme âgée : Oui.

La jeune femme : Joué avec les plus grands acteurs.

La femme âgée : Les plus grands, oui.

La jeune femme : Belmondo, Delon, Omar Sharif, Mastroianni…

La femme âgée : Ah, Marcello…

La jeune femme : Et t'as couché avec combien d'entre eux ?

La femme âgée : Quoi ? Je ne te permets pas…

La jeune femme : La Déesse des plateaux était aussi connue pour ça, non ? Une bonne actrice, certes, mais au caractère bien trempé et aux conquêtes innombrables. Un bonheur pour la presse de l'époque.

La femme âgée : Tout ce que dit la presse n'est pas forcément vrai.

La jeune femme : Tout ce que dit la presse n'est pas forcément faux non plus. Je me suis toujours demandé lequel était mon père.

La femme âgée : Tu délires.

La jeune femme : Ne t'en fais pas. Je m'en fous. Une mère actrice, ce n'est déjà pas la joie, alors les deux parents… je m'en passe très bien.

La femme âgée : Qu'est-ce que tu veux ?

La jeune femme : Moi ? Je veux juste te faire remarquer qu'on est pareilles toutes les deux. Tu me reproches un nombre incalculable de partenaires ? Mais toi aussi, des amants, tu en as eu des tas.

La femme âgée : Tu ne peux pas comparer.

La jeune femme : Ah non ? Pourquoi ?

La femme âgée : Parce que toi tu as fait des films dégueulasses. Des films honteux.

La jeune femme : On appelle ça des films porno. Et tu veux que je te dise ? J'en suis fière. Mais tu as raison, on ne peut pas comparer. Je me demande juste laquelle de nous deux est la plus à plaindre. Moi qui baisais devant les caméras ou toi qui faisais ça en cachette parce que bien souvent tes amants étaient déjà mariés ? Un vrai modèle de stabilité pour l'enfant que j'étais.

La femme âgée : Je n'ai pas de leçons à recevoir de toi.

La jeune femme : C'est aussi ce que je pense.

La femme âgée : Tu n'en as pas marre de jouer à ce jeu ?

La jeune femme : Quel jeu ? Je ne comprends pas !

La femme âgée s'en retourne dans la cuisine.

La jeune femme : Déjà hier, tu as parlé de jeu. Mais je ne vois vraiment pas de quoi tu parles. *(Léger temps)* En tout cas moi, je ne joue pas. Je ne joue plus. *(Léger temps)* Tu as entendu ce que je viens de dire ?

La femme âgée *(off)* : Je ne suis pas sourde.

La jeune femme : Tant mieux.

Retour de la femme âgée.

La femme âgée : Qu'est-ce que tu vas faire ?

La jeune femme : Quoi ?

La femme âgée : Aujourd'hui. Qu'est-ce que tu vas faire ?

La jeune femme : Je ne sais pas.

La femme âgée : Tu ne sais pas ?

La jeune femme : Non.

La femme âgée : T'as pas quelqu'un d'autre à aller emmerder ?

La jeune femme : Non. Dans le coin, je ne connais que toi.

La femme âgée : J'ai besoin de courses.

La jeune femme : Bien. Dis-moi quoi. Je vais te le chercher.

La femme âgée *(lui tendant un morceau de papier)* : J'ai fait une liste. Tout est écrit, là.

La jeune femme : Merci.

La femme âgée : Et voilà de quoi payer.

La jeune femme : Ça va, j'ai ce qu'il faut.

La femme âgée : Je ne veux pas que tu payes.

La jeune femme : Et moi, je veux payer. Déjà que tu m'as accueillie chez toi, gentiment, c'est normal que je paye pour les courses, non ?

La femme âgée : Te fous pas de moi.

La jeune femme : Je ne me fous pas de toi. Je veux payer. Ça me fait plaisir.

Léger temps.

La femme âgée : Après tout. Fais comme tu veux.

La jeune femme : Merci. Bon, ben, j'y vais.

La femme âgée : Et tu vas chez Madame Sortini, hein !

La jeune femme : Madame Sortini ?

La femme âgée : L'épicière, au village.

La jeune femme : Ah, d'accord.

La femme âgée : Pas à la supérette.

La jeune femme : OK. J'ai compris.

La femme âgée : Tu n'auras qu'à lui donner la liste, elle saura. Et passe-lui bien le bonjour de ma part.

La jeune femme : Je n'y manquerai pas, promis. Tu veux que je lui dise autre chose ?

La femme âgée : Non.

La jeune femme : OK. J'y vais.

Elle va pour sortir.

La femme âgée : Attends.

La jeune femme : Oui ?

La femme âgée : Dis-lui qu'elle ne s'en fasse pas pour moi, que je vais bien.

La jeune femme : D'accord. À tout à l'heure.

La femme âgée : C'est ça.

La jeune femme sort.

La femme âgée : À tout à l'heure.

NOIR

MERCREDI

Même décor. Le lendemain midi. Les deux femmes sont attablées.

La femme âgée : Ça manque de sel.

La jeune femme lui passe le sel.

La femme âgée : Merci. Tu n'en mets pas toi ?

La jeune femme : Non. Je trouve ça assez salé comme ça.

La femme âgée : Pas moi. Moi, je trouve que ça manque de sel.

La jeune femme : Je salerai un peu plus le repas de ce soir, si tu veux.

La femme âgée : Oui. Parce que là, c'était fade.

La jeune femme cesse de manger et regarde sa mère.

La femme âgée : Ceci dit, c'est bon.

La jeune femme : Ah, quand même ! *(Elle reprend son repas).*

La femme âgée : C'est juste que…

La jeune femme : C'était pas assez salé.

La femme âgée : Oui.

La jeune femme : Je crois que j'ai bien compris le message.

La femme âgée : Mais c'est bon. Je ne savais pas que tu savais cuisiner.

La jeune femme cesse de manger et regarde à nouveau sa mère.

La femme âgée : Quoi ? Qu'est-ce que j'ai dit ?

La jeune femme : Rien. Rien du tout. Tout va bien.

La femme âgée : Pourquoi tu me regardes comme ça alors ? J'ai un bouton sur le nez, c'est ça ?

La jeune femme : Non.

La femme âgée : Un morceau de viande coincé entre les dents ?

La jeune femme : Non.

La femme âgée : Alors qu'est-ce qu'il y a ?

La jeune femme : Rien. Rien du tout je te dis. Je… Je te regarde. C'est tout.

La femme âgée : Je le vois bien que tu me regardes. Ce que je veux savoir, moi, c'est pourquoi tu me regardes ?

La jeune femme : Je ne sais pas. J'ai envie de te regarder.

La femme âgée : T'as envie de me regarder ?

La jeune femme : Oui.

La femme âgée : C'est tout ?

La jeune femme : Oui.

La femme âgée : T'as juste envie de me regarder ?

La jeune femme : Oui. C'est ça.

La femme âgée : Tu te fous de moi, dis ?

La jeune femme : Non.

Un temps pendant lequel les deux femmes se regardent.

La femme âgée : Ça y est ? Tu m'as assez regardée ?

La jeune femme : Oui.

La femme âgée : Je vais débarrasser.

La jeune femme : Non attends, je vais le faire. Tu veux pas un morceau de fromage ou un yaourt ?

La femme âgée : Non. J'ai fini. C'était copieux. J'ai bien mangé même si c'était pas assez salé.

La jeune femme : Un café ?

La femme âgée : Je vais le faire.

La jeune femme : Mais, je peux le faire.

La femme âgée : Non. Tu ne sauras pas.

La jeune femme : Si, si, je t'assure, je sais aussi utiliser une cafetière.

La femme âgée : Pas la mienne. Elle est particulière.

La jeune femme : D'accord. Bon, ben je n'insiste pas alors ?

La femme âgée : Non. N'insiste pas. Tu as déjà assez insisté comme ça. Il serait temps que tu te reposes, non ?

La jeune femme : Ça va.

La femme âgée : Parce que ça doit être quand même fatigant pour toi d'insister comme ça, sans arrêt ?

La jeune femme : Je vais bien, je te rassure.

La femme âgée : Parce que déjà, pour les autres c'est très fatigant, enfin moi, ça me fatigue. Alors toi…

La jeune femme : Je comprends ce que tu veux dire. Je te demande de m'excuser. Je ne sais pas d'où ça me vient, cette manie d'insister comme ça, sans arrêt ? Tu n'aurais pas une idée, toi, par hasard ?

La femme âgée : Non. Je ne vois pas.

Elle sort faire le café.

La jeune femme : Tant pis.

La jeune femme profite de ce moment de solitude pour déplacer le fauteuil fixe vers la console où se trouve le téléphone. La femme âgée revient.

La femme âgée : Remets ce fauteuil à sa place.

La jeune femme : Hein ?

La femme âgée : Qui t'as demandé de le mettre là ?

La jeune femme : Je pensais que ça serait mieux... Tu vois, si quelqu'un appelle, tu peux répondre tout de suite.

La femme âgée : Remets mon fauteuil là où tu l'as pris.

La jeune femme : Mais...

La femme âgée : Remets-le à sa place !

La jeune femme : D'accord ! D'accord. *(En s'exécutant)* Je suis désolée. Je pensais que ça pourrait...

La femme âgée : Arrête de penser ! C'est épuisant. Pour tout le monde.

La jeune femme : OK ! Je m'excuse. Je... Je te promets de ne plus déplacer de meuble. Ça te va comme ça ?

La femme âgée : Ce qui m'irait c'est que...

La jeune femme : Je ne sois pas venue, je sais ! Mais je suis là et je ne m'excuserai pas pour ça ! J'ai le droit. J'ai le droit de venir voir ma mère.

La femme âgée : Pourquoi ? Pourquoi t'es venue ?

La jeune femme : Encore ! Tu m'as déjà posé la question.

La femme âgée : Et j'attends toujours la réponse. Parce que j'ai beau réfléchir, retourner le problème dans tous les sens, je ne vois pas. Je ne comprends toujours pas ce que tu fous là. Alors maintenant ça suffit, dis-le moi. Dis-moi pourquoi tu es là !

La jeune femme *(hésitante)* : Parce que…

La femme âgée : Parce que ?

La jeune femme : Parce que j'en avais envie.

La femme âgée : Envie ?

La jeune femme : Oui.

La femme âgée : C'est juste ça ? T'avais juste envie de me voir ?

La jeune femme : Oui. Comme je te l'ai déjà dit tout à l'heure, j'avais juste envie de te voir.

La femme âgée : Et ça t'a pris comme, ça, d'un coup, comme une envie de pisser ?

La jeune femme : Ben oui.

La femme âgée : Et c'est tout ?

La jeune femme : C'est tout.

La femme âgée : Juste envie de me voir. T'es sûre ?

La jeune femme ne répond pas.

La jeune femme : Toi aussi, tu peux être fatigante parfois, tu sais ?

La femme âgée : Qu'est-ce que tu me veux ?

La jeune femme : Arrête, s'il te plaît.

La femme âgée : Tu vas me le dire à la fin ?

Un temps.

La jeune femme : OK. Je… Je me suis mariée.

La femme âgée : Quoi ?

La jeune femme : Je me suis mariée.

La femme âgée : Oui, j'avais entendu.

La jeune femme : Ben voilà, tu voulais que je te dise. Alors voilà c'est dit.

La femme âgée : Tu es venue pour me dire ça ? Que tu étais mariée ?

La jeune femme : Oui.

La femme âgée : C'est tout ?

La jeune femme : Il s'appelle Arnaud.

La femme âgée : Très bien.

La jeune femme : Il est médecin.

La femme âgée : Bien.

La jeune femme : Généraliste.

La femme âgée : D'accord.

La jeune femme : Voilà.

La femme âgée garde le silence.

La jeune femme : Tu voulais savoir alors je te dis.

La femme âgée : Et alors ?

La jeune femme : Quoi et alors ?

La femme âgée : Je suis censée dire ou faire quelque chose ?

La jeune femme : Je ne sais pas. Tu fais comme tu veux.

La femme âgée : Du coup, là, tu m'as tout dit ?

La jeune femme : Heu, oui.

La femme âgée : Donc, puisque tu m'as vue et que tu m'as dit tout ce que tu avais à me dire, c'est bon, tu peux partir maintenant.

La jeune femme : Mais c'est pas vrai ! Mais… t'es incroyable ! T'es juste… incroyable.

La femme âgée : Je prends ça comme un compliment.

La jeune femme : Ta fille vient te voir, je viens te voir, parce que ça fait des années qu'on ne s'est pas vues, je t'annonce que je me suis mariée…

La femme âgée : C'est bon, pas la peine de me faire un résumé de ce que tu viens de me dire. Je suis vieille mais pas stupide. J'ai parfaitement compris la première fois.

La jeune femme : Et toi, tu t'en fous.

La femme âgée : C'est ça. Tu as parfaitement saisi la situation.

La jeune femme : Merci.

La femme âgée : Tu t'attendais à quoi ?

La jeune femme : Je ne sais pas. Pas à ça !

La femme âgée : Généralement quand on se marie, on invite ses parents à sa noce, non ? Moi j'ai rien reçu. Alors, tu vois, puisque je suis ta mère, c'est toi qui n'arrêtes pas de le rappeler, je suis en droit d'attendre que ma fille, donc toi, m'invite à son mariage, non ? Mais j'ai rien reçu. Pas un coup de fil. Pas une invitation. Rien.

La jeune femme : Tu serais venue ?

La femme âgée : Non. Certainement pas ! Mais la question n'est pas là ! Tu veux me faire passer pour la méchante de l'histoire, mais je ne me laisserai pas faire. Ça ne marche pas comme ça. C'est pas aussi simple.

La jeune femme : Je sais.

La femme âgée : Je n'ai rien reçu.

La jeune femme : Je suis désolée.

La femme âgée : Je ne savais pas. Je ne savais pas que ma fille se mariait.

La jeune femme : Je ne suis pas fière de ça.

La femme âgée : Je n'ai rien à me reprocher sur ce coup-là ! Tu n'as rien à me reprocher.

La jeune femme : Je ne te reproche rien. Enfin, je ne te reproche pas ça.

La femme âgée : Ma fille s'est mariée sans me le dire, sans me prévenir. Et maintenant tu voudrais quoi ? Que je saute au plafond de joie ?

La jeune femme : Non.

La femme âgée : Tant mieux parce que ça ne risque pas d'arriver. Je n'en ai ni l'envie ni la force. En fait, tu veux que je te dise vraiment ?

La jeune femme : Je ne sais pas. J'hésite d'un coup.

La femme âgée : Je vais quand même te dire un truc à propos de ce mariage.

La jeune femme : Je t'écoute.

La femme âgée : Je m'en fous.

La jeune femme : Oui, je m'en doutais un peu en fait.

La femme âgée : Je m'en fous complètement.

La jeune femme : D'accord.

La femme âgée : Je me fous complètement de toi, de ton mariage et de ton mari qui s'appelle Arnaud et qu'est médecin généraliste. Il peut bien être trapéziste dans un cirque si ça lui fait plaisir, je m'en fous.

La jeune femme : Ça a le mérite d'être clair.

La femme âgée : C'est ce que tu voulais, non, que je sois claire ? C'était le but recherché ?

La jeune femme : T'as fini ?

La femme âgée : Je ne sais pas. Tu as envie d'entendre autre chose de clair ?

La jeune femme : Non, ça ira pour aujourd'hui. Je te remercie.

La femme âgée : Tant mieux. Parce que je suis fatiguée, si fatiguée. Tu me fatigues.

La jeune femme : Tu veux te reposer ? Va te coucher un moment si tu veux. Je vais faire la vaisselle.

La femme âgée : Je ne te parle pas de ça. Je peux encore faire ma vaisselle moi-même.

La jeune femme : Oui, je sais. Je sais que tu peux faire ta vaisselle toute seule. C'était juste pour que tu puisses aller te reposer.

La femme âgée : Je ne suis pas impotente.

La jeune femme : Non, bien sûr que non. Je le vois bien.

La femme âgée : Je veux juste souffler un peu.

La jeune femme : Je comprends. Moi aussi, j'en ai besoin. Tu sais quoi ? Je vais sortir cet après-midi.

La femme âgée : Tu vas où ?

La jeune femme : Je ne sais pas. Me promener dans le coin. J'ai besoin de me retrouver un peu seule pour réfléchir à tout ça.

La femme âgée : Oui c'est ça, c'est une bonne idée. Réfléchis, réfléchis bien même.

La jeune femme : Je reviendrai ce soir.

La femme âgée : Ce soir ?

La jeune femme : Oui. Pourquoi ? Tu as besoin de moi cet après-midi ?

La femme âgée : Non, non, non. C'est juste que… qu'il t'en faut du temps pour réfléchir. Mais je comprends, quand on n'a pas l'habitude…

La jeune femme : Si tu as besoin de quoi que ce soit, je te laisse mon numéro de portable. N'hésite pas à m'appeler. D'accord ?

La femme âgée : D'accord.

La jeune femme : Profites-en pour te reposer.

La femme âgée : Toi aussi.

La jeune femme : À tout à l'heure maman.

La femme âgée : Ouais, c'est ça, à tout à l'heure.

La jeune femme sort.

La femme âgée : Et ton café ? *(Un léger temps)* Tu n'as pas pris ton café.

NOIR

JEUDI

Même décor. Le lendemain matin. La jeune femme est attablée. Elle prend son petit déjeuner. Il y a un bouquet de fleurs sur la table. La femme âgée apparaît.

La femme âgée : Qu'est-ce que c'est que ça ?

La jeune femme : Bonjour maman.

La femme âgée : Oui, c'est ça, bonjour. Qu'est-ce que c'est que ça ?

La jeune femme : Quoi ?

La femme âgée : Ça, là, les fleurs.

La jeune femme : Ben c'est ça, oui, ce sont des fleurs.

La femme âgée : Pourquoi t'as acheté des fleurs ?

La jeune femme : Parce que je les trouvais jolies. Tu ne les trouves pas jolies ?

La femme âgée : Ce sont des fleurs.

La jeune femme : Oui. Elles sont pour toi.

La femme âgée : Pour moi ?

La jeune femme : Oui.

La femme âgée : Pourquoi tu m'offres des fleurs ? Si c'est pour fleurir ma tombe, t'es un peu en avance, tu sais.

La jeune femme : Ne dis pas ça.

La femme âgée : Alors c'est pour quoi ?

La jeune femme : Pour rien, comme ça, pour le plaisir d'offrir comme on dit.

La femme âgée : Tu veux que je te pardonne ta conduite d'hier, c'est ça ?

La jeune femme : Quoi ? Non… je… Attends, quelle conduite d'hier ? J'ai rien à me faire pardonner.

La femme âgée s'est saisie du vase avec les fleurs.

La jeune femme : Qu'est-ce que tu vas en faire ?

La femme âgée : Les jeter.

La jeune femme : C'est un cadeau. Ça ne se jette pas un cadeau.

La femme âgée : Je suis chez moi ici. Et si j'ai envie de jeter ce bouquet, je le jette. Je t'ai rien demandé. Ni de m'offrir des fleurs, ni de venir.

La jeune femme : Mais je suis venue quand même. Et apparemment, j'ai de la chance, tu ne m'as pas encore jetée.

La femme âgée : C'est pas l'envie qui m'en manque.

La jeune femme : Eh bien, qu'est-ce que tu attends ?

La femme âgée : Je n'ai plus assez de force.

La jeune femme : Alors tu te venges sur ces malheureuses fleurs, c'est ça ?

Les deux femmes se dévisagent un instant.

La femme âgée *(lui tendant le vase)* : Tiens, pose-les sur le meuble derrière toi. J'aime pas avoir des fleurs sur la table sur laquelle je mange.

La jeune femme : Tu…

La femme âgée : Quoi ?

La jeune femme : Non, rien. Je… je te prépare ton petit déjeuner ?

La femme âgée : Je veux bien, merci.

La jeune femme sort côté cuisine.

La femme âgée : Tu es très matinale dis donc.

La jeune femme *(off)* : Oui, j'aime bien le matin. J'ai l'impression que tout y est encore possible. À midi, la journée est finie, tu peux déjà dire si tu auras une journée sympa ou une journée de merde. *(Retour de la jeune femme)* C'est avant que ça se joue.

La femme âgée : Qu'est-ce qui se joue ?

La jeune femme : Tout ! Ta journée, ton avenir, ta vie…

La femme âgée regarde la jeune femme en silence.

La jeune femme : Quoi ?

La femme âgée : J'ai rien dit.

La jeune femme : Non, mais tu me regardes bizarrement.

La femme âgée : Moi ?

La jeune femme : Oui, toi. Commence pas à faire celle qui comprend rien. Il n'y a que toi, ici, avec moi. C'est à toi que je parle donc c'est toi qui me regardes bizarrement.

La femme âgée : Je me disais juste que… Non rien.

La jeune femme : Quoi ? Qu'est-ce que tu te disais ?

La femme âgée : Je me disais que parfois tu me ressemblais.

La jeune femme semble sous le choc de cette révélation.

La femme âgée : Ah, cette fois c'est toi qui me regardes bizarrement.

La jeune femme : Tu… tu trouves qu'on se ressemble ?

La femme âgée : Non, j'ai pas dit ça.

La jeune femme : Si, si. C'est ce que tu as dit…

La femme âgée : Non, j'ai dit que, parfois, je trouvais que tu me ressemblais. Parfois ! C'est pas la même chose : parfois.

La jeune femme : Quand ?

La femme âgée : Je ne sais pas. Dans certaines attitudes… ta façon de parler… Je ne sais pas. Je ne peux pas définir plus précisément.

La jeune femme : Tu le penses vraiment, qu'on se ressemble ?

La femme âgée : Parfois, j'ai dit parfois !

La jeune femme : Oui, ça va, j'ai compris, tu as dit parfois.

La femme âgée : Oui.

La jeune femme : Et donc, tu le penses vraiment que, parfois, on se ressemble ?

La femme âgée : Parfois, oui. On dirait que ça t'embête ?

La jeune femme : Non. Non ! Pas du tout. C'est juste que… Je ne m'y attendais pas.

La femme âgée : Tu es ma fille alors c'est normal qu'on se ressemble.

La jeune femme : Je suis ta fille…

La femme âgée : Dis, t'es sûre que ça va ? Parce que là aussi tu as l'air surprise. Rassure-moi, tu ne vas quand même pas me dire que tu ne t'attendais pas non plus à être ma fille ?

La jeune femme : Non, ça je sais.

La femme âgée : Ah bon ?

La jeune femme : C'est juste que c'est assez rare de t'entendre le dire. Je n'ai pas l'habitude.

La femme âgée : Faut dire qu'on ne s'est pas beaucoup vues depuis mon accident, hein ? Alors forcément les occasions se font rares.

La jeune femme : Ton accident ? C'est comme ça que tu appelles ce qui t'est arrivé ?

La femme âgée : Oui.

La jeune femme : C'est ça que tu penses ? Que c'était un accident ?

Léger temps.

La femme âgée : Non.

La jeune femme : Alors pourquoi tu ne dis pas ce que tu penses ? Tu as peur ?

La femme âgée : Non.

La jeune femme : Alors dis-le.

La femme âgée : Je n'y arrive pas.

La jeune femme : Tu veux que je t'aide ?

Pas de réponse.

La jeune femme : Moi, j'appelle ça une tentative de suicide.

La femme âgée : Écoute, je ne crois pas que ce soit la meilleure façon pour nous de…

La jeune femme : Tous les témoignages concordent. Tu as bu plus que de raison ce soir-là. Certains parlent même de drogue. Tes amis disent que tu es devenue folle. Une vraie tornade. Ils t'ont vu monter dans la voiture de ton producteur et partir sur les chapeaux de roues. Une BMW si mes souvenirs sont exacts.

La femme âgée : Qu'est-ce qu'on en a à foutre de la marque de la voiture !

La jeune femme : Oui tu as raison, ce n'est pas le plus important.

La femme âgée : Un jour, sur un tournage, un comédien a piqué une crise.

La jeune femme : Quoi ?

La femme âgée : L'équipe avait pris du retard sur l'installation de la scène. Ce sont des choses qui arrivent. On le sait, on a l'habitude, on attend sagement dans notre loge. Mais lui, il a voulu montrer que c'était lui la star et il a engueulé le réalisateur, puis il est monté dans sa voiture et il est parti. Il a laissé tout le monde comme ça.

La jeune femme : Qu'est-ce que tu me racontes encore ? Qu'est-ce que ça vient foutre là ?

La femme âgée : À cause de la BMW. Sa voiture c'était une BMW. On était donc tous là, plantés comme des cons, à regarder la BMW s'éloigner. Et puis un technicien s'est penché vers moi et m'a dit : vous connaissez la différence entre une BMW et des hémorroïdes ?

Léger temps. Les femmes se regardent.

La femme âgée : Alors ?

La jeune femme : Quoi alors ?

La femme âgée : Ben tu connais la différence entre une BMW et des hémorroïdes ?

La jeune femme : Ah tu me posais la question à moi ! Je croyais que tu racontais.

La femme âgée : Oui, mais je te pose la question aussi.

La jeune femme : Aucune idée. Vas-y, dis-moi.

La femme âgée : Il n'y en a pas. Ce sont les trous du cul qui en ont !

Léger temps. Les femmes se regardent.

La femme âgée : Moi, à l'époque, ça m'avait fait rire.

La jeune femme : Les temps changent. L'humour aussi.

La femme âgée : Oui. Tu as sans doute raison.

La jeune femme : Et sinon, on peut en revenir à notre discussion ?

La femme âgée : On ne l'a jamais quittée. C'est toi qui as parlé de BMW en première.

La jeune femme : C'est vrai. Désolée. Je n'aurais pas dû. Ça n'avait aucun intérêt.

La femme âgée : Tu sais ce que je pense ?

La jeune femme : Non, mais tu vas me le dire.

La femme âgée : Je pense que si j'avais eu des amis, des vrais, ils ne m'auraient pas laissée partir.

La jeune femme : Tout le monde te craignait à l'époque, même si personne ne l'aurait avoué. Tu pouvais briser la carrière de n'importe qui en un seul mot.

La femme âgée : Eh bien, tu vois, j'ai été punie. La seule carrière que j'ai brisée c'est la mienne.

La jeune femme : Oui.

La femme âgée : Mais je te rassure, ça m'a servi de leçon, à part ce fauteuil, je ne conduis plus.

La jeune femme : Pourquoi ?

La femme âgée : Tu rigoles, j'espère ! Tu as vu mon état ? Je ne conduis plus parce que je ne peux plus !

La jeune femme : Non. Pourquoi tu as fait ça ?

La femme âgée : Ça ne sert à rien de ressasser le passé. Ce qui est fait est fait. On ne peut rien y changer.

La jeune femme : Qu'est-ce qui t'as pris ?

La femme âgée : Je ne veux pas en parler.

La jeune femme : Et moi, je veux comprendre.

La femme âgée : C'est pour ça que tu es venue ? Pour comprendre.

La jeune femme : Je suis venue pour te voir. Je suis venue pour qu'on parle. Je suis venue pour comprendre aussi, oui.

La femme âgée : Il n'y a rien à comprendre. *(Léger temps)*. C'était chez Sabri, mon agent. Une belle enflure quand j'y repense. On fêtait la nomination de mon dernier film pour les Oscars. C'est vrai que l'alcool coulait à flot. L'alcool et tout ce que tu peux trouver dans ce genre de fête. Et puis la nouvelle est arrivée.

La jeune femme : La nouvelle ? Quelle nouvelle ?

La femme âgée : Je n'ai jamais su qui l'a dit en premier. Mais elle s'est répandue comme une traînée de poudre. Tu les aurais vu, tous, avec leurs sourires en coin.

La jeune femme : Je ne te suis pas. Quels sourires ?

La femme âgée : La grande famille du cinéma, tu parles ! J'ai bien vu que ça leur faisait plaisir. Toutes leurs rancœurs, toutes leurs jalousies si longtemps retenues, elles avaient enfin un exutoire. Déjà je sentais leurs biles qui allaient bientôt se déverser sur moi. Et encore, c'étaient des amis ! Je n'osais même pas imaginer ce qui allait être dit dans les journaux people. Quant à l'Oscar, autant faire une croix dessus. C'est pas le genre de publicité dont les Américains raffolent.

La jeune femme : Je ne comprends rien. Qu'est-ce qui s'est passé ?

La femme âgée : Toi !

La jeune femme : Moi ? Quoi moi ?

La femme âgée : Ne fais pas l'innocente. Tu sais très bien de quoi je parle.

La jeune femme : Peut-être…

La femme âgée : Et tu oses me dire que tu es venue ici pour comprendre ? Mais c'est moi, c'est moi tu entends, qui cherche à comprendre. Depuis mon accident, il ne se passe pas une seule journée, pas une seule, sans que je me pose la question : Pourquoi ? Pourquoi m'a-t-elle fait ça ? Pourquoi ma fille, ma propre fille, m'a-t-elle fait ça ?

La jeune femme : Je t'ai rien fait.

La femme âgée : Ah non ? Tu crois vraiment ?

La jeune femme : Tu avais ta vie, j'avais la mienne !

La femme âgée : Et à aucun moment tu ne t'es dit que faire… ce que tu as fait ne me toucherait pas ?

La jeune femme : Et toi, jamais tu ne t'es dit que faire ce que tu faisais ne m'avait jamais touchée ?

La femme âgée : Comment oses-tu comparer ?

La jeune femme : Tu as raison, il n'y a rien à comparer. Faire du porno n'est pas plus honteux qu'un autre métier.

La femme âgée : Pas quand on est la fille de…

La jeune femme : La Déesse des plateaux ? Alors quoi ? J'aurais dû sacrifier ma vie pour ta carrière ? C'est ça ?

La femme âgée : Tu pouvais faire tellement d'autres choses.

La jeune femme : Peut-être… Mais je ne regrette rien. J'ai adoré faire ça. Pas la peine de prendre cet air étonné. J'assume totalement ce que j'ai fait. Alors, oui, je sais, il y a des gens, dont tu fais partie sans doute, qui trouvent ça dégradant, dégueulasse ou je ne sais quoi encore. Pas moi ! Il y a des femmes qui ont fait ça plus ou moins contraintes. Pas moi ! Je vais même te dire un truc qui va peut-être te choquer encore plus. Mais au risque de paraître démago, je pense avoir moins à rougir de ma carrière que certains politiques par exemple.

La femme âgée : C'est démago en effet.

La jeune femme : Peut-être mais c'est vrai ! Tu voulais savoir pourquoi je t'avais fait ça ? Alors d'abord, je n'ai rien fait contre toi, ni contre personne d'autre d'ailleurs. Bien sûr que j'aurais pu faire du cinéma plus conventionnel.

La femme âgée : J'aurais pu t'aider.

La jeune femme : Justement. Je ne le voulais pas ! Je ne voulais rien te devoir. Si j'avais accepté ton aide, quelle image aurais-je pu avoir de moi ? M'a-t-on choisie pour ce rôle parce que je suis la meilleure ou parce que je suis ta fille ? Suis-je appréciée pour ma valeur ou parce que je suis ta fille ?

La femme âgée : Quel mal y a-t-il à être ma fille ?

La jeune femme *(explosant)* : Je ne suis pas ta fille !

Un temps. La femme âgée est sous le choc.

La femme âgée : Qu'est-ce que tu racontes ?

La jeune femme : Je n'ai jamais été ta fille, tu entends, jamais.

La femme âgée : Tu ne peux pas dire ça.

La jeune femme : Ah oui ? Alors écoute-moi bien. Jamais je ne me suis sentie être ta fille.

La femme âgée : C'est moi qui t'ai mise au monde, que tu le veuilles ou non.

La jeune femme : Est-ce que ça fait de toi une mère ? Ma mère ? Je ne crois pas. En tout cas, je n'en ai jamais eu l'impression.

La femme âgée : C'est… C'est vraiment ce que tu penses ?

La jeune femme : Oui.

La femme âgée se détourne de la jeune femme et part s'installer dans son fauteuil sans un mot.

La jeune femme : Tu ne dis rien ?

Un temps. La femme âgée l'ignore.

La jeune femme : Dis quelque chose.

Un temps. La femme âgée l'ignore.

La jeune femme : Je suis désolée.

NOIR

VENDREDI

Même décor. Le lendemain dans l'après-midi. La femme âgée est assise dans son fauteuil. Elle lit un magazine. La jeune femme repasse du linge en jetant, de temps en temps, un coup d'œil en direction de la femme âgée.

La femme âgée *(sans quitter son magazine des yeux)* : Qu'est-ce que tu as à me surveiller comme ça ?

La jeune femme : Je ne te surveille pas.

La femme âgée : Vraiment ?

La jeune femme : Ben oui.

La femme âgée : Alors regarde plutôt le linge. Tu vas finir par faire des faux plis à me regarder comme ça, de travers.

La jeune femme : Mais je ne te regarde pas de travers.

La femme âgée : C'est ça. Prends-moi pour une idiote.

La jeune femme : Et alors, je n'ai pas le droit de te regarder ? Je n'ai pas le droit de regarder ma mère ?

La femme âgée : Ah bon, je suis ta mère aujourd'hui ?

La jeune femme : Tu ne vas pas commencer ?

La femme âgée : Non, parce que je ne sais pas si tu le sais mais si tu n'es pas ma fille, alors c'est peu probable que je sois ta mère.

La jeune femme : Je vois. Tu m'en veux encore pour hier. Tu as le droit. Mais je te rappelle que je t'ai aussi dit, hier, que j'étais désolée, que mes mots avaient dépassé ma pensée.

La femme âgée : Oui, tu l'as dit, c'est vrai.

La jeune femme : Alors ?

La femme âgée : Ça ne t'autorise pas à me regarder de travers.

La jeune femme : Je ne te regardais pas de travers.

La femme âgée : Tu ne me regardais pas ?

La jeune femme : C'est pas vrai, je ne vais pas m'en sortir. Tu es têtue tu sais ? Bon, oui c'est vrai, je te regardais.

La femme âgée : Ah ! Tu vois, tu avoues ! Tu me regardais !

La jeune femme : Oui si tu veux, qu'on en finisse.

La femme âgée : Ah, tu vois !

La jeune femme : Et quand bien même, je ne vois pas ce qu'il y a de mal à ça. Je n'ai pas le droit de te regarder si j'en ai envie ?

La femme âgée *(regardant la jeune femme)* : Pas comme ça.

La jeune femme : Comment ça, pas comme ça ?

La femme âgée : L'air de rien. Du coin de l'œil. Ça me donne l'impression que tu as empoisonné mon déjeuner et que tu guettes le moment où je vais m'effondrer.

La jeune femme : Tu racontes n'importe quoi.

La femme âgée : Tu n'as pas essayé de m'empoisonner ?

La jeune femme : Non.

La femme âgée : T'es sûre ?

La jeune femme : Mais c'est quoi ce délire encore ?

La femme âgée : Tant mieux, je préfère ça. Je vais pouvoir lire mon article tranquillement.

La jeune femme : Des fois, tu me…

La femme âgée : Quoi ?

La jeune femme : Non, rien, laisse tomber.

La femme âgée pose son magasine à côté d'elle et se lève difficilement.

La jeune femme : T'as fini ?

La femme âgée : Non.

La jeune femme : Où tu vas ? *(La femme âgée s'est approchée de la jeune femme).* Quoi ? Il y a un problème avec le linge ?

La femme âgée : Regarde-moi !

La jeune femme : Ah bon ? Maintenant faut que je te regarde ? Faudrait savoir ce que tu veux !

La femme âgée : Regarde-moi bien !

La jeune femme : Je te regarde.

La femme âgée : Tu n'aimes pas ce que tu vois, hein ?

Un léger temps pendant lequel les deux femmes se dévisagent.

La jeune femme : Non.

La femme âgée : Et qu'est-ce que tu vois ?

La jeune femme : Je ne suis pas sûre que ce soit une bonne idée…

La femme âgée : Qu'est-ce que tu vois ?

La jeune femme : Écoute, on était plutôt bien là, toutes les deux…

La femme âgée : Bien ? On est plutôt bien ? Tu as une drôle de conception de la formule « être bien », toi !

La jeune femme : Ça pourrait être pire.

La femme âgée : Difficilement. Alors ?

La jeune femme : Alors quoi ?

La femme âgée : Qu'est-ce que tu vois ?

La jeune femme : Tu ne lâches pas l'affaire.

La femme âgée : Non.

La jeune femme : Pourquoi tu veux savoir ça ?

La femme âgée : Parce que ça m'intéresse.

La jeune femme : Pas moi.

La femme âgée : Qu'est-ce que tu vois ?

La jeune femme : Je t'en prie, n'insiste pas !

La femme âgée : Mais bordel, tu vas répondre, dis ? Je te demande : « Qu'est-ce que tu vois quand tu me regardes ? »

Un temps pendant lequel les deux femmes se dévisagent.

La jeune femme : Je vois une vieille femme. Seule. Malade. Aigrie…

La femme âgée : Elle te dégoûte, n'est-ce pas ? *(Un temps).* Elle te dégoûte ! Dis-le !

La jeune femme : Non ! Je ne sais pas. Je ne veux pas…

La femme âgée : Tu sais qui est cette femme que tu regardes ?

La jeune femme : Ben oui, toi.

La femme âgée : Arrête de faire l'idiote.

La jeune femme : Je ne fais pas l'idiote. Tu m'as demandé de te regarder et de te dire si je savais qui je voyais. Et comme c'est toi que je regarde, c'est toi que je vois. C'est pas idiot, c'est juste logique. Je sais qui tu es quand même !

La femme âgée : Justement, qui suis-je ?

La jeune femme : La Déesse des plateaux.

La femme âgée : Mais encore ?

La jeune femme : Ma mère.

La femme âgée : Mais encore ?

La jeune femme : Quoi ? Je ne comprends rien. Qu'est-ce que tu racontes ?

La femme âgée : Réponds à ma question.

La jeune femme : Bon, je commence à avoir mal à la tête, là. Si tu me disais plutôt où tu veux en venir ?

La femme âgée : Qui est cette femme que tu regardes ?

La jeune femme : OK, je ne vais pas m'en sortir. Bon, je te regarde. Voilà, je te vois toi. Et toi, je sais que tu es ma mère.

La femme âgée : Non. C'est toi !

La jeune femme : Quoi ?

La femme âgée : Je suis ce que tu vas devenir. Je suis le miroir de ton avenir. *(La jeune femme détourne le regard).* Regarde-moi, je te dis ! Regarde-toi ! Tu auras beau faire. Tu auras beau te débattre, gesticuler. Tu n'y échapperas pas ! Tu deviendras cette femme seule, malade, aigrie que je suis et qui te dégoûte.

La jeune femme : Tais-toi !

La femme âgée : Non, je ne me tairai pas ! C'est ce que tu es venue chercher ici, non ? Tu n'es pas venue pour moi. Tu es venue, poussée par une sorte de curiosité malsaine, voir ce que toi, tu allais devenir. Eh bien, regarde !

La jeune femme : Je ne deviendrai jamais comme toi.

La femme âgée : Oh si ma chérie ! Que tu le veuilles ou non. Un jour tu seras comme moi.

La jeune femme : Je ne serai jamais comme toi.

La femme âgée : Ah non ? Tu en es sûre ?

La jeune femme : Je ne serai jamais comme toi, tu entends ? Jamais !

La femme âgée : Tu essaies de te convaincre ? Mais tu te berces d'illusions ma chérie. Je comprends. Tu as peur. Mais laisse-moi te dire une chose. Des gens comme toi, bouffis de certitudes, j'en ai croisé plein dans ma carrière. Tous, tu entends, tous ont fini par descendre de leur piédestal à un moment ou à un autre.

La jeune femme : Même toi ?

La femme âgée : Même moi, oui. C'est pour ça que je sais.

La jeune femme : De quoi tu parles ? Tu ne sais rien de moi.

La femme âgée : Au contraire. Je sais tout de toi. Tu es ma fille. Je suis ta mère. Nous sommes retenues l'une à l'autre par des liens invisibles qui te dépassent parce que tu n'as pas encore eu d'enfant.

La jeune femme : Et je n'en aurai jamais.

La femme âgée : Encore une certitude, hein ?

La jeune femme : Je suis malade.

La femme âgée : Quoi ?

La jeune femme : Je suis malade. Tu le savais ça ?

La femme âgée : Qu'est-ce que tu as ?

La jeune femme : Non bien sûr, tu ne le savais pas ! Tu n'as jamais rien su de moi. Pourquoi est-ce que ça aurait changé, hein ?

La femme âgée va s'asseoir dans son fauteuil.

La jeune femme : Ça fait un choc, hein ? Toi la mère qui sait tout, la mère omnisciente, la seule mère omniprésente dans l'absence, tu ne savais pas que ta fille était malade ?

La femme âgée : Je… je suis désolée.

La jeune femme : Oui. Moi aussi.

La femme âgée : C'est… C'est grave ?

La jeune femme : Ça dépend. Oui, plutôt. Alors ?

La femme âgée : C'est pour ça que tu es revenue ?

Léger temps.

La jeune femme : J'ai peur.

La femme âgée : Je ne sais pas quoi dire. Je… Tu… Enfin, si je peux t'aider…

La jeune femme : M'aider ?

La femme âgée : Est-ce que je peux faire quelque chose ? J'ai gardé 2 ou 3 bons contacts parmi de grands médecins à Paris. Si tu veux…

La jeune femme : C'est inutile.

La femme âgée : T'es sûre ?

La jeune femme : T'en as pas marre de me demander si je suis sûre après chacune de mes phrases ?

La femme âgée : Je voulais juste…

La jeune femme : Personne ne peut m'aider.

La femme âgée : Qu'est-ce que tu veux dire ? Tu me fais peur.

La jeune femme : C'était quand j'étais enfant qu'il fallait m'aider. Tu sais, à la sortie de l'école, mes amies étaient heureuses de rentrer chez elles, retrouver leur toute petite chambre que parfois elles devaient partager avec un frère ou une sœur. Elles retrouvaient aussi leurs parents, partageaient quelques instants avec eux. C'est une jolie image du bonheur, ça, non ? Passer quelques moments tout simples avec ses enfants. Moi, après l'école, je me retrouvais seule, dans ma grande et jolie chambre, remplie de tout plein de jouets que mes amies n'auraient même pas osé rêver d'avoir. Et je pleurais. Si tu savais combien de fois j'ai pleuré. Je ne savais pas vraiment pourquoi. Maintenant, je sais. Je pleurais parce que je ne connaîtrais jamais ce bonheur tout simple. Enfant, je n'ai rien partagé avec ma mère parce qu'elle n'était jamais là. Et adulte, je ne partagerai jamais rien avec mon enfant parce que je n'en aurai pas.

La femme âgée : Qu'est-ce que tu as ?

La jeune femme : Tu vois, tu n'écoutes pas. Je viens de te le dire, ce que j'avais.

La femme âgée : Je ne parle pas de ça…

La jeune femme : Mais moi si. C'est de ça que je te parle. C'est de ça que je suis venue te parler.

La femme âgée : D'enfant ?

La jeune femme : J'ai toujours rêvé, qu'un jour, j'aurais des enfants. Pas un, des ! Trois, quatre, je ne sais pas. Je m'y voyais déjà. Passer du temps avec eux. Les regarder grandir, rire de leurs bêtises, avoir peur pour eux quand ils se mettent en danger, les aider à faire leurs devoirs et puis plus tard être fière de leurs réussites. Toutes ces choses qu'on n'a jamais partagées. Toutes ces choses que je m'étais jurée de faire.

La femme âgée : Je suis... Je suis désolée, si... si d'après toi, je n'ai pas été à la hauteur dans mon rôle de mère. Je pensais que je faisais au mieux.

La jeune femme : Ton rôle de mère, hein ?

La femme âgée : Oui.

La jeune femme : Peut-être qu'il t'a manqué un metteur en scène pour ce rôle-là.

La femme âgée : Peut-être, oui...

La jeune femme : J'aurais tellement voulu pouvoir te sauter dans les bras, te raconter ma journée d'école...

La femme âgée : J'aurais aimé aussi, oui, j'aurais vraiment aimé, je te le jure.

La jeune femme : Ce qui me fait mal, c'est que je ne peux même pas te demander quel effet ça fait. D'avoir ton enfant qui te saute dans les bras, de le voir grandir chaque jour un peu plus...

La femme âgée : Je ne sais pas.

La jeune femme : Oui, moi non plus. Et je ne le saurai jamais. J'ai pris ma décision, enfin, quand je dis que j'ai pris ma décision, je suis un peu obligée quand même.

La femme âgée : Quelle décision ?

La jeune femme : Je pars au Canada. Je vais me faire opérer.

La femme âgée : Opérer ? Au Canada ? Quand ?

La jeune femme : Jeudi prochain.

La femme âgée : Quoi ? Mais pourquoi tu ne me l'as pas dit plus tôt ?

La jeune femme : À quoi bon ? Et puis j'étais prise dans le tourbillon de la maladie. Le choc de l'annonce puis le choc du traitement. Tu sais c'est épuisant ce traitement. On a beau prendre tous les renseignements possibles avant, les médecins peuvent te dire tout ce qu'ils veulent, on n'est pas préparé à ça.

La femme âgée : Qu'est-ce que je peux faire ?

La jeune femme : Rien. Qu'est-ce que tu veux faire ?

La femme âgée : Je ne sais pas…

La jeune femme : Le pire, tu sais, ce n'est pas la maladie ou le traitement. Le pire pour moi, c'est les conséquences du traitement. Quand ils m'ont dit que je ne pourrais jamais avoir d'enfants, je me suis demandé si ça valait le coup de se battre.

La femme âgée : Faut pas dire ça.

La jeune femme : Non. C'est pas bien, hein ? Mais j'y ai pensé… Fortement. Tu ne peux pas savoir ce qui peut nous traverser l'esprit dans ces moments-là.

La femme âgée : Oh si je le sais, tu peux me croire. J'ai eu ces mêmes pensées après mon… après ce qui m'est arrivé.

La jeune femme : Heureusement, tu es toujours là.

La femme âgée : Oui. Mais il ne se passe pas une journée sans que je me demande si j'ai fait le bon choix.

La jeune femme : Faut pas dire ça.

La femme âgée : Non. C'est pas bien, hein ?

Petit rire complice des deux femmes.

La jeune femme : De toute façon, ça sera bientôt terminé. Enfin j'espère. En tout cas c'est pour ça que je vais subir une mastectomie. C'est bien foutu le français quand même, quand on y pense, hein ?

La femme âgée : Quoi ?

La jeune femme : Mastectomie. *(Détachant chaque syllabe)* Mastectomie. C'est moche comme mot. Je n'arrive pas à m'y faire. C'est aussi moche que ce que ça représente.

La femme âgée : Pourquoi tu vas au Canada ? Tu ne pouvais pas te faire opérer en France ?

La jeune femme : On va habiter là-bas. Arnaud a déjà trouvé un poste dans une clinique.

La femme âgée : Alors tu pars ?

La jeune femme : Oui.

La femme âgée : Pourquoi ?

La jeune femme : Eh bien, comme il faut rester sur place un petit moment, en cas de complications post-opératoires. Et on s'est dit que c'était peut-être l'occasion.

La femme âgée : L'occasion de quoi ?

La jeune femme : De repartir à zéro. Se refaire la santé en démarrant une nouvelle vie en quelque sorte.

La femme âgée : Et après, tu vas faire quoi ?

La jeune femme : Comment ça ?

La femme âgée : Tu m'as dit que ton mari avait trouvé un poste, mais toi ?

La jeune femme : Je voudrais ouvrir une petite salle de spectacle. Un petit théâtre. J'aimerais trouver un petit endroit sympa. Rien de trop grand ou prétentieux. Non, juste un petit endroit à moi où je me sente bien.

La femme âgée : C'est une jolie idée.

La jeune femme : Merci.

La femme âgée : Ça fait beaucoup de changements.

La jeune femme : Oui.

La femme âgée : Tu n'as pas peur ?

La jeune femme : Je suis morte de frousse.

La femme âgée : J'aurais voulu pouvoir t'accompagner.

La jeune femme : Hein ?

La femme âgée : Le temps de l'opération et de tout mettre en place.

La jeune femme : Non, c'est pas la peine.

La femme âgée : De toute façon j'en suis incapable. Mon état ne me le permettrait pas. Je serais plus un boulet qu'un soutien.

La jeune femme : Ne t'inquiète pas, j'ai passé l'âge qu'on me tienne la main. Mais c'est gentil de l'avoir proposé. Ça me touche.

La femme âgée : De rien, c'est normal. C'est ce que font toutes les mères, non ?

Léger temps.

La jeune femme : C'est ce que font toutes les mères, oui.

NOIR

SAMEDI

Même décor. Le lendemain dans la matinée. La femme âgée finit de ranger des petits gâteaux dans une boîte hermétique. Elle a retiré sa bague et l'observe, perdue dans ses pensées. La jeune femme entre.

La jeune femme : Bonjour maman.

La femme âgée remet vivement sa bague à son doigt et ferme la boîte hermétique.

La femme âgée : Bonjour.

La jeune femme : Ça sent bon.

La femme âgée : Je t'ai préparé ton petit déjeuner

La jeune femme : Hummmm, ça tombe bien, je meurs de faim.

La femme âgée : Et j'ai également fait des gâteaux pour ton retour. Bon, je sais ce que tu vas dire. Tu sais faire des gâteaux, toi ? Eh bien oui, je sais faire des gâteaux.

La jeune femme : Je n'ai rien dit.

La femme âgée : Parce que je ne t'en ai pas laissé le temps. Ce sont des cookies aux pépites de chocolat.

La jeune femme : J'adore ça.

Elle commence à ouvrir la boîte pour prendre un gâteau. Sa mère lui donne un petit coup sur la main.

La femme âgée : Pour le voyage, j'ai dit. J'ai eu un doute, je ne savais plus si tu aimais le chocolat.

La jeune femme : Si, si, si. J'aime ça.

La femme âgée : Comme tu as dit que tu préférais la fraise et la pistache.

La jeune femme : Pour les glaces. Pour les gâteaux, je préfère le chocolat.

La femme âgée : Je saurai m'en souvenir. Tu verras, je ne les réussis pas trop mal.

La jeune femme : D'accord !

La femme âgée : Tu me diras ce que tu en penses ?

La jeune femme : Promis. En tout cas, s'ils sont aussi bons que ces tartines, je suis sûre que je vais me régaler ! Tu ne prends rien ?

La femme âgée : J'ai déjà mangé.

La jeune femme : Déjà ? Tu as été très matinale ce matin.

La femme âgée : Oui, c'est parce que je suis de plus en plus curieuse.

La jeune femme : Comment ça ?

La femme âgée : Tu sais, en vieillissant, on se pose de plus en plus de questions. Par exemple, quand on s'endort le soir, on ne sait jamais si on se réveillera le lendemain matin.

La jeune femme : N'importe quoi !

La femme âgée : C'est vrai, je t'assure ! Alors, moi, comme je suis curieuse, eh bien, je me lève tôt pour voir si je suis encore vivante.

La jeune femme : Où est-ce que tu vas chercher tout ça ?

La femme âgée : Tu trouves ça stupide ?

La jeune femme : Un peu, oui.

La femme âgée : C'est normal. Quand on est jeune, on ne peut pas comprendre, mais tu verras quand tu auras mon âge !

La jeune femme : Si tu le dis.

Léger temps.

La femme âgée : Alors, c'est sûr, tu pars ?

La jeune femme : Il le faut bien.

La femme âgée : Tu peux rester, si tu veux…

La jeune femme : Maman…

La femme âgée : Au moins jusqu'à demain. Et tu rentres à Paris lundi.

La jeune femme : C'est gentil, mais j'ai des choses à régler avant mon départ.

La femme âgée : Oui. Je comprends.

La jeune femme : Et puis Annie t'as appelée hier soir. Elle va mieux, non ? Elle va pouvoir s'occuper de toi à nouveau. Ce n'est pas comme si je te laissais seule.

La femme âgée : C'est vrai.

La jeune femme : Je suis vraiment contente qu'elle soit là.

La femme âgée : Ah bon ?

La jeune femme : Oui. Ça me rassure.

La femme âgée : Je sais, tu l'as déjà dit à ton arrivée.

La jeune femme : Eh bien tu vois, ça prouve que je ne raconte pas n'importe quoi.

La femme âgée : Je n'ai jamais dit le contraire. *(La jeune femme se lève et attrape son plateau)* Qu'est-ce que tu fais ?

La jeune femme : Ben, j'ai fini, alors je débarrasse la table et je vais faire la vaisselle.

La femme âgée : Laisse, je peux le faire.

La jeune femme : Je n'en ai pas pour longtemps.

La femme âgée : Comme tu veux.

La jeune femme part en cuisine. Pendant cette absence et tout en faisant attention à ne pas se faire surprendre, la femme âgée va retirer sa bague et la cacher dans la boîte avec les cookies.

La jeune femme *(off)* : Je suis contente d'être venue. Tu sais, j'ai beaucoup hésité avant de venir.

La femme âgée : Pourquoi ?

La jeune femme *(off)* : J'avais peur de ta réaction. Je ne savais même pas si tu allais m'ouvrir la porte, en fait.

La femme âgée : Eh bien tu vois, je l'ai ouverte.

La jeune femme *(off)* : Oui. *(De retour)* Pourquoi… pourquoi on a attendu si longtemps ?

La femme âgée : Par fierté, par orgueil, est-ce que je sais, moi ? Peut-être tout simplement parce que nous sommes pareilles. Nous avons le même caractère de cochon, toutes les deux.

La jeune femme : C'est vrai que tu ne m'as pas facilité la tâche.

La femme âgée : Hé, je ne t'ai rien demandé. Tu es venue parce que tu l'as voulu.

La jeune femme : Alors, toi… toi tu ne serais jamais venue ?

La femme âgée : Non.

La jeune femme : OK ! Ça a au moins le mérite d'être clair.

La femme âgée : Mais je ne regrette pas que tu l'aies fait. Bien au contraire. Moi, je n'aurais jamais eu ce courage.

La jeune femme : Peut-être que finalement, on n'est pas si identiques que ça alors ?

La femme âgée : Disons que tu es juste un peu plus jeune.

La jeune femme : C'est tout ? Tu penses vraiment que la seule différence entre nous c'est l'âge ?

La femme âgée : Je ne sais pas.

Léger temps.

La jeune femme : Bon, ben je vais y aller…

La femme âgée : Oui. Ça va être l'heure.

La jeune femme : Je crois que je n'ai rien oublié.

La femme âgée : Tiens, tes gâteaux.

La jeune femme : Ah oui, merci. Pour la boîte, je ne sais pas quand je pourrai…

La femme âgée : Tu peux la garder, je n'en aurai plus besoin.

La jeune femme : D'accord.

La femme âgée : Attends ! Avant que tu partes, je voulais te dire… je suis désolée pour tout le mal que je t'ai fait. Je ne… je ne savais pas. Je…

La jeune femme : Maman…

La femme âgée : Mais je veux que tu saches que malgré tout, tu as été… tu es… tu es la plus belle chose qui me soit arrivée. Ça ne t'aidera certainement pas mais… quand j'ai accouché de toi, ça a été dur. Je n'avais encore jamais autant souffert et pourtant ça a été le meilleur moment de ma vie. Et je suis désolée que tu ne puisses jamais connaître ça. Tellement désolée !

Gagnée par l'émotion, la femme âgée s'assied.
La jeune femme ne bouge pas ne sachant visiblement pas quoi faire ni quoi dire.
Léger temps.
La femme âgée se reprend.

La femme âgée : Si tu restes plantée là comme ça, tu n'arriveras jamais au Canada !

La jeune femme *(émergeant de sa léthargie)* : Hein ?

La femme âgée : Ceci dit, je ne voudrais pas que tu croies que je te chasse.

La jeune femme : Non, je sais bien, va !

La femme âgée : C'est dur, n'est-ce pas ?

La jeune femme : Oui.

La femme âgée : C'est dur d'endosser le mauvais rôle.

La jeune femme : Quel mauvais rôle ?

La femme âgée : Être celle qui part, celle qui abandonne.

La jeune femme : Je n'abandonne pas. De quel abandon tu parles ?

La femme âgée : Je ne t'en veux pas. Tu as eu le sentiment que je t'avais abandonnée et aujourd'hui c'est moi qui ai le sentiment que tu m'abandonnes. Ce n'est qu'un juste retour des choses. C'est la vie… C'est la vie qui continue.

La jeune femme : Pourquoi tu dis ça ?

La femme âgée : Parce que ce n'est pas la porte à côté le Canada.

La jeune femme : Non, c'est vrai, mais je ne vois pas…

La femme âgée : S'il te plaît, ne nous mentons pas. Pas aujourd'hui. Nous savons très bien, toi et moi, qu'on ne se reverra probablement plus.

La jeune femme : Je peux revenir si tu as besoin. L'avion, c'est pas fait que pour partir.

La femme âgée : Si tu le dis. Allez, sois heureuse. Soigne-toi bien et sois heureuse.

La jeune femme : Au revoir, maman.

La jeune femme se saisit de sa valise et va pour sortir.

La femme âgée : Finalement, tu oublies quelque chose.

La jeune femme : Quoi ?

La femme âgée : Tu n'as pas embrassé ta mère.

La jeune femme lâche sa valise et se précipite dans les bras de sa mère.

La jeune femme : Je t'aime Maman.

La femme âgée : Moi aussi je t'aime. Allez, va !

La jeune femme : Au revoir, maman.

La jeune femme sort.

La femme âgée : Adieu.

La femme âgée retourne s'asseoir péniblement dans son fauteuil pour reprendre la lecture de son roman tandis que la lumière décroît jusqu'au

NOIR